Conception graphique : Frédérique Deviller et Père Castor
Adaptation graphique : Anne-Catherine Boudet
Textes intégraux. Tous droits réservés pour les auteurs/illustrateurs
et/ou ayants droit que nous n'avons pu joindre.

© Père Castor Flammarion, 2008
Flammarion — 87, quai Panhard et Levassor — 75647 Paris Cedex 13
www.editions.flammarion.com
Dépôt légal : novembre 2008 — ISBN : 978-2-0812-1982-3
Imprimé par Tien Wah Press à Singapour — 02/2009
Loi n°49-956 du 16 juillet 1949 sur les publications destinées à la jeunesse.

Petites histoires du Père Castor

pour
faire rêver
les petits

Père Castor ◼ Flammarion

1.

Je ne trouve pas le sommeil

Christine Féret-Fleury, illustrations de Mayalen Goust

Ce matin, pendant le petit déjeuner, Maman a dit à Papa :
– Je suis fatiguée. Cette nuit, je n'ai pas pu trouver le sommeil.
Pauvre Maman ! Elle avait dû courir dans toute la maison, et peut-être dans le jardin, au bord de la rivière, dans les ruines du vieux château, sur la pelouse du stade, et le parking du supermarché, alors que le sommeil était avec moi, bien au chaud, dans mon lit.

«Ce soir, ai-je pensé, je prendrai le sommeil et je le porterai dans la chambre de Maman.»

La nuit est venue avec toutes ses étoiles et le grand gâteau de la lune bien accroché dans le ciel, mais le sommeil, lui, n'est pas venu. Je l'ai attendu longtemps.

J'ai mis mes habits de pirate pour voyager avec lui jusqu'au matin, et puis mon déguisement de fée pour qu'il n'ait pas peur d'entrer.

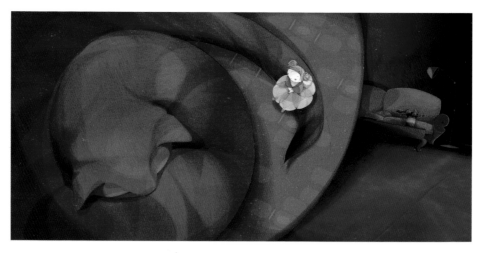

Mais à la fin, comme il ne venait toujours pas, j'ai décidé d'aller le chercher.

Il n'était pas dans le salon. Seul le chat rêvait devant le feu.

Il n'était pas dans la cuisine.

Mais quand j'ai voulu emmener Poum le chien avec moi, pour suivre la piste du sommeil, il n'a pas bougé, même une oreille.

Il n'était pas dans la buanderie. Mais une famille de souris avait trouvé le fromage que Maman gardait pour demain.

Il n'était pas dans la salle de bains. Et Mireille la tortue ne l'avait pas vu passer.

Il n'était même pas dans le grenier où j'avais très peur d'entrer.

Heureusement Antinéa l'araignée gardait la porte, personne n'aurait pu se faufiler.

Je l'ai cherché partout : dans mon coffre à jouets… et le placard de ma chambre… sous l'escalier… et dans la cheminée.

J'allais mettre mes bottes et ma veste pour sortir dans le jardin quand j'ai senti que le sommeil venait de se poser, très doucement, sur mes paupières. Alors j'ai mis mes deux mains sur lui pour ne pas le laisser s'échapper, et je l'ai emporté tout doucement dans la chambre de Maman.

Ce n'était pas facile dans le noir !

Arrivés près du grand lit, le sommeil et moi étions si fatigués que nous sommes restés là jusqu'au matin.

2.

Le serpent à fenêtres

Françoise Bobe, illustrations d'Hervé Le Goff

Depuis toujours, aux yeux des autres, la reine de la savane a la tête dans les nuages. Mais, depuis quelque temps, la girafe est encore plus rêveuse et semble guetter un signal qu'elle seule connaît.

Tout en haut de son long cou, ses oreilles restent plus que jamais attentives aux messages apportés par le vent.

Tout en haut de son long cou, son nez fouille le moindre souffle du vent.

Et, soudain, la girafe se met à courir plus vite que le vent !
– Qu'est-ce qu'il lui prend ?
se demandent les animaux autour d'elle.
Chaque jour, c'est la même chose.

La girafe tend l'oreille, hume l'air et part au galop. Toujours dans la même direction. Toujours au coucher du soleil.

Un soir, le rhinocéros, le zèbre, la gazelle, le phacochère et le dik-dik se réunissent.
– Est-ce que quelqu'un sait où court la girafe ?
demandent les uns.
– Non ! Mais pour le savoir, suivons-la,
proposent les autres.
– Il vaut mieux le lui demander. Je suis sûr qu'elle répondra !
prétend le dik-dik.

La girafe est si secrète ces derniers temps que personne n'est volontaire pour poser cette question embarrassante.

– Moi… je veux bien lui parler !

annonce le dik-dik.

Les autres animaux semblent soulagés.

Le lendemain, à l'heure où la girafe hume l'air et tend l'oreille, le dik-dik l'interpelle :

– Madame la girafe ? Je parie que vous allez partir au galop ! Où allez-vous donc chaque soir ?

La girafe, étonnée, regarde l'antilope naine à ses pieds. Elle prend le temps de se pencher jusqu'en bas. Elle lui souffle quelque chose à l'oreille puis elle détale.

Les animaux se tournent alors vers le dik-dik :

– Qu'a-t-elle dit ?

– Elle a dit : « Je vais voir le serpent à fenêtres ! »

Un frisson co͟   ͟   ͟g des échines, car on n'aime guère les
serpents da͟   ͟   ͟ais le phacochère rectifie :
– Tu as ·͟   ͟ parler du serpent à lunettes !
Les a͟   ͟s qui croire.

Le lendema͟   ͟eillent de nouveau la girafe.
À l'heure où eh͟   ͟l'oreille, le phacochère l'appelle :
– Madame la gira͟   ͟discret de vous demander où vous
courez le soir ?

 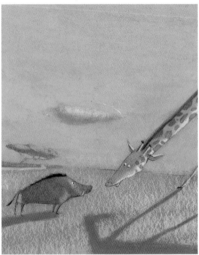

La girafe se penche jusqu'à lui, chuchote quelque chose à son
oreille et part en courant.

Le phacochère fait une drôle de tête.
– Alors ! s'impatientent les autres.
– Elle a bien dit : « Je vais voir le serpent à fenêtres ! »
répond-il en regardant le dik-dik.

– Peut-être a-t-elle voulu dire le serpent à sonnettes ?
propose l'antilope.

– À lunettes ou à sonnettes, tout cela ne me dit rien de bon !
rétorque le zèbre.

– La girafe revient toujours saine et sauve. C'est donc qu'il n'y a
rien à craindre de ce serpent-là ! constate le rhinocéros.

– En tout cas, il faut éclaircir ce mystère !
grogne le phacochère.

Le lendemain soir, le rhinocéros, le zèbre, la gazelle, le phacochère
et le dik-dik entourent la girafe.

Leur curiosité amuse cette dernière. Elle hume l'air et tend l'oreille
puis parle avant eux :

– L'entendez-vous siffler ? Si vous voulez voir le serpent à fenêtres,
suivez-moi !

Les autres animaux n'ont rien entendu siffler, mais ils ne peuvent en demander plus car la girafe est déjà loin. Après quelques instants d'hésitation, tous galopent dans le sillage de la reine de la savane.

Le dik-dik est vite essoufflé.
– Viens avec nous, et porte-moi ! ordonne-t-il, tout excité, à l'éléphant avec qui il avait brouté quelques heures plus tôt.
Nous allons voir le serpent à fenêtres !

D'autres animaux se joignent au cortège. Ils traversent la savane et une épaisse forêt.

Il fait nuit, lorsque la girafe ralentit sa course. Le cortège, haletant, s'arrête à ses côtés.

C'est alors qu'un grondement lointain se fait entendre.

– Le voilà ! murmure la girafe.

Chacun retient son souffle.
Et dans la nuit étoilée, là-bas à l'horizon, le serpent à fenêtres apparaît.
Certains animaux font un pas en arrière.
– Il n'y a rien à craindre, rassure la girafe. Ce serpent-là ne fait que passer, chaque soir à cette heure-ci… Il est beau, n'est-ce-pas ?

À ce moment, le serpent à fenêtres siffle et crache un petit jet de fumée grise dans le bleu de la nuit. Et en effet, il file son chemin !

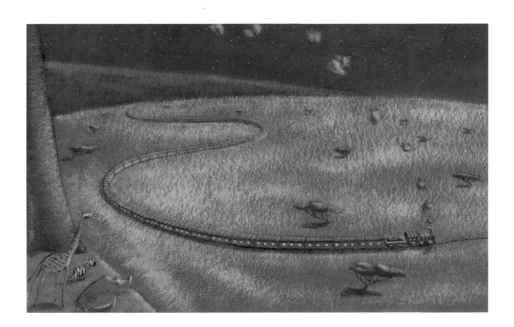

3.

L'histoire du soir

Laurence Gillot et Philippe Thomine, illustrations de Marc Boutavant

C'est l'histoire…

… de Martin Lapin qui avait un beau potager et qui, tous les soirs, allait s'y reposer.

Il regardait la nuit tomber, les étoiles s'allumer une à une, et la lune, la belle lune, monter au milieu du ciel.

Puis, quand il faisait tout noir, bien noir, il respirait à pleins poumons le parfum des carottes et des poireaux, des salades et des haricots.

C'est à ce moment que Martha Lapin l'appelait. Elle disait :

– Martin ! Viens dire bonsoir à nos lapereaux !

Martin descendait alors dans le terrier, il embrassait ses petits, et leur chuchotait :

– Mes chers enfants, écoutez bien ! **C'est l'histoire...**

... de Florent Éléphant qui avait une belle prairie et qui, tous les soirs, allait s'y reposer. Il regardait la nuit tomber, les étoiles s'allumer une à une, et la lune, la belle lune, monter au milieu du ciel.

Puis, quand il faisait tout noir, bien noir, il respirait à pleins poumons le parfum des arbustes et de leurs baies tendres, et celui de l'herbe haute et blonde.

C'est à ce moment que Flora Éléphant l'appelait. Elle disait :

– Florent ! Viens dire bonsoir à nos éléphanteaux !

Florent se glissait alors sous le feuillage des arbres, il embrassait ses petits, et leur chuchotait :

– Mes chers enfants, écoutez bien ! **C'est l'histoire...**

... de Paolo Manchot qui avait un bel iceberg et qui, tous les soirs, allait s'y reposer.

Il s'asseyait tout en haut, et il regardait la nuit tomber, les étoiles s'allumer une à une, et la lune, la belle lune, monter au milieu du ciel.

Puis, quand il faisait tout noir, bien noir, il respirait à pleins poumons le parfum du vent et de l'océan, de la glace et du poisson.

C'est à ce moment que Paola Manchot l'appelait.

Elle disait :

– Paolo ! Viens dire bonsoir à nos petits manchots !

Paolo retournait alors sur la banquise, il embrassait ses petits, et leur chuchotait :

– Mes chers enfants, écoutez bien ! **C'est l'histoire...**

... d'Éloi Dauphin qui vivait dans un grand lagon et qui, tous les soirs, allait s'y reposer.

Il posait sa tête sur une vague, et il regardait la nuit tomber, les étoiles s'allumer une à une, et la lune, la belle lune, monter au milieu du ciel.

Puis, quand il faisait tout noir, bien noir, il respirait à pleins poumons le parfum du sable et des algues, de la marée et des coquillages.

C'est à ce moment qu'Élisa Dauphin l'appelait. Elle disait :

– Éloi ! Viens dire bonsoir à nos bébés !

Éloi rejoignait alors son repaire sous l'eau. Il embrassait ses petits, et leur chuchotait :

– Mes chers enfants, écoutez bien ! **C'est l'histoire...**

... de Martin Lapin qui avait un beau potager...

4.

Jules et l'île bleue

Amélie Cantin, illustrations de Laurent Richard

Dans sa petite chambre, Jules joue. Il joue avec son bateau, le bateau que papa et maman lui ont offert, un joli bateau rouge et vert.

Le bateau file comme le vent sur la couette bleue de Jules. Sur la couette bleue de Jules, nagent toutes sortes de poissons, des petits et des grands.

Mais Jules-le-marin est fatigué, il pose sa tête sur l'oreiller. Il regarde les étoiles scintillantes. Celles que maman a collées sur le plafond de sa chambre.

Par la petite fenêtre ronde à côté de son lit, Jules-le-marin ne voit que la nuit. Ses yeux se ferment, les vagues le bercent doucement.

Jules-le-marin est parti. C'est le tour du monde qu'il va faire sur son joli bateau rouge et vert.

Il n'a pas peur des vagues, ni de la tempête. Il n'a pas peur du vent, ni des ouragans. Jules-le-marin n'a peur de rien.
Il se dirige grâce aux étoiles qui lui font des clins d'œil dans la nuit.

Jules-le-marin est debout sur le pont. Avec sa longue-vue, il observe l'horizon.

Mais là-bas, que voit-il dans le lointain ?

C'est une île ronde et bleue qui apparaît dans la mer.

– Je vais aller la visiter, décide Jules-le-marin.

Mais soudain...

L'île se met à bouger, elle commence à remuer, on pourrait dire à s'agiter.

« Je croyais que les îles restaient immobiles », se dit Jules en se grattant la tête.

Jules veut en avoir le cœur net. Il installe, sur le mât de son bateau, la plus grande de ses voiles.

Elle est aussi belle qu'un arc-en-ciel.

Le vent pousse le bateau. Jules continue de surveiller cette drôle d'île avec sa longue-vue.

Mais, quand il s'approche, l'île s'éloigne.

– Cette île est une coquine, s'exclame Jules-le-marin, mon bateau va la rattraper.

L'île s'est immobilisée.

Jules va enfin pouvoir aborder.

Mais soudain...

L'île tourne et saute autour de Jules-le-marin.

Les vagues sont de plus en plus grosses, son bateau se met à tanguer.

Courageusement, le petit bateau monte tout en haut des plus hautes vagues mais, à chaque fois, la mer l'entraîne de nouveau en bas.

Jules met un chapeau et un manteau jaunes, pour ne pas être mouillé par l'eau salée qui tombe dans son petit bateau.

Jules ressemble à un soleil au milieu de la mer déchaînée.

– C'est à cause de cette île qui bouge que la mer est en colère ! s'écrie Jules, en s'accrochant au rebord de son bateau.

Jules réfléchit, il cherche une idée. Une idée pour calmer cette île ronde et bleue qui semble bien s'amuser.

Ça y est, il a trouvé.

– Ohé, ohé matelot, chante Jules à tue-tête, matelot navigue sur les flots...

Mais l'île aime tellement la chanson qu'elle se met maintenant à danser.

Si elle continue, le bateau va chavirer.

Jules se rappelle une berceuse qu'une sirène un jour lui a chantée.

Une berceuse très très douce qui donne envie de fermer les yeux.

– Bateau sur l'eau, la rivière, la rivière, bateau sur l'eau… murmure Jules d'une voix caressante comme un rayon de soleil à la tombée du jour.

L'île ne bondit plus, elle suit le bateau en faisant le gros dos.
– Mais cette île a une queue ! s'étonne Jules en regardant mieux.
L'île n'est pas une île, elle tourne vers Jules ses beaux yeux bleus.
Un petit jet d'eau jaillit au-dessus de sa tête…
– Bonjour, madame la Baleine !

Jules est heureux, il a trouvé une amie pour voyager avec lui tout autour du monde. Ensemble, Jules et la baleine n'auront peur de rien. Ni des vagues, ni de la tempête, ni du vent, ni des ouragans. Ensemble, ils pourront chanter. « Il était un petit navire, il était un petit navire… »

– Jules, Jules…
Jules s'arrête de chanter, quelqu'un vient de l'appeler. La baleine ? Non, les baleines ne peuvent pas parler…
Jules regarde autour de lui. Une sirène ! C'est une sirène qui lui parle et qui lui sourit.

– Jules, mon chéri…

Jules-le-marin ouvre les yeux. La sirène ressemble à maman. La sirène, c'est maman.

Jules s'assoit sur son lit. Son bateau rouge et vert dort sur sa couette bleue, au milieu des poissons, des grands et des petits.

Au plafond, les étoiles ne scintillent plus.

Par la fenêtre ronde, à côté de son lit, un rayon de soleil vient lui chatouiller les yeux.

– Viens, Jules, dit maman, viens voir dehors, comme c'est joli.

Jules se lève et suit sa maman. Il monte les petites marches de bois. Dehors, sur le pont, papa est là.

Le vent souffle doucement. Tout autour d'eux, il y a la mer.

Bientôt papa, maman et Jules auront fini leur voyage et reviendront sur la terre.

– Regarde, Jules, dit papa, là-bas, il y a des baleines !

5.

Célestin, le ramasseur du petit matin

Sylvie Poillevé, illustrations de Mayalen Goust

Qui est cet homme au long manteau coloré, portant sur son dos un sac qui semble flotter ?
Qui est cet homme si grand, si fin, si léger, qui, au vent, semble se balancer ?

C'est Célestin, le ramasseur de chagrins.

Chaque jour, de bon matin, il s'en va sur les chemins.
À grandes enjambées, il s'en va pour ramasser : les petits soucis,
les petits riens, les gros bobos, les gros chagrins.

Avec la pointe de son bâton de bois, il pique les mouchoirs à pois,
à trous, à rayures, à fleurs, à carreaux, de toutes les couleurs…

Il pique les mouchoirs abandonnés, les mouchoirs encore tout mouillés par les petits et grands malheurs. Puis, quand son sac est bien rempli, il rentre enfin chez lui, fier d'avoir débarrassé la terre de toutes ces misères.

Depuis des années, dans sa grande maison, Célestin empile les sacs, du sol au plafond.

Pourtant, il ne sait pas pourquoi, mais un nuage gris s'installe petit à petit tout au fond de lui… Célestin se dit que ça va passer ! Alors, il continue à ramasser, les petits soucis, les petits riens, les gros bobos, les gros chagrins.

Mais, de jour en jour, le nuage gris est plus gros, plus lourd. De jour en jour, à chacun de ses pas, Célestin est de plus en plus courbé, comme si son sac était trop lourd à porter. Un matin, en ramassant un chagrin à pois, il se met lui aussi à pleurer, pleurer, sans pouvoir s'arrêter.

Et toute cette pluie de larmes, toute cette pluie de son nuage gris, Célestin la laisse couler dans des mouchoirs à rayures, à fleurs ; il l'enferme dans des mouchoirs à carreaux, de toutes les couleurs… Mais, rien à faire, rien ne l'arrête… Célestin pleure…

Une fois chez lui, il réfléchit, un jour, une nuit, et encore un jour, une nuit… Au petit matin, il comprend enfin que tous ces chagrins empilés dans sa maison, du sol au plafond, finissent par le rendre triste, terriblement triste.

Il prend alors une grande décision : ces chagrins, il ne faut pas les garder ! Ces chagrins, il doit s'en débarrasser ! Mais comment faire ? Impossible de les remettre sur la terre ! Ils pourraient repousser, comme des herbes à poison, et les gens seraient encore plus tristes ! Ah ça non ! Pas question !

Célestin réfléchit, tourne en rond, se met à ouvrir un sac, puis deux, puis quatre ! Les yeux encore tout mouillés, il commence à déplier les petits soucis, les petits riens, les gros bobos, les gros chagrins.

Où va-t-il les mettre ? En levant ses yeux vers la fenêtre, il lui vient soudain une idée : il va les laver !

Poc ! Poc ! Poc ! Ainsi font, font, font les bulles de savon autour des chagrins, qui, dans la bassine, ont vraiment mauvaise mine…

Dans l'immense champ devant sa maison, sur des cordes à linge qui disparaissent à l'horizon, le cœur rempli de joie, Célestin étend les mouchoirs à pois, à trous, à rayures, à fleurs, à carreaux, de toutes les couleurs… Les mouchoirs qui, goutte à goutte, s'égouttent… Quand enfin il a terminé, il s'assoit, le cœur léger. C'est alors qu'un petit vent magicien se met à souffler, souffler si fort que, un à un, les mouchoirs se décrochent et s'envolent dans une ronde folle ! Il souffle encore et encore, ce petit vent polisson, et, chagrins à pois, à rayures, à fleurs, à trous, à carreaux, de toutes les couleurs… se transforment… en papillons !
Ces jolies petites bêtes à bonheur volent, volettent autour de Célestin, qui, joyeusement, repart sur les chemins pour ramasser les petits soucis, les petits riens, les gros bobos, les gros chagrins.

6.

Ourson dans la lune

Deux histoires de Sylvie Fournout, illustrations d'Hervé Legoff

En chemin, Ourson butte sur une coquille. À côté d'elle, il y a un poussin.

— Je viens de naître, dit Poussin. Hier encore, j'étais à l'abri dans mon petit œuf. Mais j'ai tant grossi, cette nuit, que j'étais à l'étroit dans ma coquille. Alors j'ai percé une petite fenêtre. J'ai vu qu'il y avait de l'herbe douce pour me faire un lit, du grain pour manger. Et même un œuf tout brillant, là-haut dans le ciel. Cet œuf-là doit contenir des amis, me suis-je dit. Alors je suis sorti.

— Cet œuf-là, c'est la lune, et je ne sais pas ce qu'elle contient. Mais ce que je sais, c'est que je suis ton premier ami, dit Ourson.

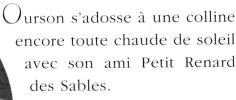

Ourson s'adosse à une colline
encore toute chaude de soleil
avec son ami Petit Renard
des Sables.

Ils aiment regarder le désert
briller sous la lune.

— On dirait la mer..., dit
Ourson.

— J'aimerais tant voir l'océan,
soupire Petit Renard. Mais c'est
beaucoup trop loin.

— Je te l'ai apporté ! répond Ourson avec malice.

Petit Renard sursaute :

— Tu m'as apporté la mer... La vraie mer ?!

Alors Ourson tire de son sac un beau
coquillage nacré. Petit Renard
des Sables s'approche : à
l'intérieur du coquillage, il
entend l'océan respirer.
C'est si incroyable que
la lune en oublie de
monter dans le ciel :
et, toute la nuit, elle
reste le plus près
possible du coquillage
où la mer chante.

7.

Deux tigres en colère

Raconté par Robert Giraud d'après la tradition indienne,
illustré par Pierre Caillou

Dans la grande forêt de l'Inde, qu'on appelle la jungle, avançait un jour une redoutable bête au pelage rayé. C'était un tigre. Il avait faim et partait en chasse.

Dans la même forêt, non loin de là, une bête tout aussi redoutable et au même pelage rayé avançait à sa rencontre. Ce deuxième tigre avait aussi faim que le premier et cherchait lui aussi n'importe quoi à manger.

Au milieu d'une clairière, un beau morceau de fromage était posé sur l'herbe, oublié là, sans doute, par un chasseur du village voisin.

Venant de deux côtés opposés, les deux tigres débouchèrent au même moment dans la clairière et s'arrêtèrent pile devant le morceau de fromage.

Le tigre de gauche leva la patte, toutes griffes dehors et la tendit vers le fromage.

Le tigre de droite lança sa patte et griffa celle du premier avec un terrible rugissement.

Puis, à son tour, le tigre de droite avança la patte vers le fromage, mais l'autre le griffa aussitôt avec un rugissement aussi effrayant.

Les deux tigres se mirent à tourner autour du fromage, le poil hérissé, les crocs dehors. Chacun se demandait comment il pourrait s'emparer du fromage sans se faire mordre ou griffer par l'autre.

C'est alors que survint un renard. Les deux tigres s'arrêtèrent, chacun d'un côté du fromage, les yeux tournés vers le nouvel arrivant.

– Que se passe-t-il ? leur demanda le renard. Pourquoi êtes-vous là, tous les deux, à tourner autour de cet appétissant morceau de fromage, au lieu de le manger ?

– J'ai très faim, je veux ce fromage pour moi tout seul, gronda le tigre de droite.

– J'ai encore plus faim que lui, rugit le tigre de gauche, il me faut ce fromage pour moi tout seul !

– Vous avez l'air aussi costaud l'un que l'autre, remarqua le renard. Aucun de vous ne pourra s'emparer du fromage par la force. Mais vous avez la chance de m'avoir avec vous. Comme vous le savez, je suis le plus malin des animaux de la jungle. Je trouverai sûrement une solution à votre problème.

– Eh bien, d'accord, nous t'acceptons pour arbitre, firent les deux tigres d'une même voix.

– À la condition que vous ferez exactement ce que je vous dirai, ajouta le renard. Autrement je m'en irai et je vous laisserai vous entretuer.

– Nous sommes d'accord pour t'obéir en tout, déclarèrent les deux tigres, le tigre de gauche aussi bien que celui de droite.

Le renard s'assit sur ses pattes de derrière et se mit à réfléchir pour prendre l'air important. En fait, il avait trouvé tout de suite la meilleure solution. La meilleure oui... mais peut-être pas pour les tigres.

Enfin, le renard ouvrit la bouche :

– Messires les tigres, voici ce que je vous propose. Je coupe le fromage en deux, et je vous donne une part à chacun.

Comme ça, chacun de vous aura de quoi manger.

– Mais pour que personne ne soit lésé, reprit le renard, il faut que les deux parts soient rigoureusement égales. Nous veillerons tous les trois à ce qu'il en soit ainsi.

– Évidemment, répliqua le tigre de droite, j'aurais préféré avoir tout le fromage pour moi. Mais s'il n'y a pas moyen de faire autrement…

– Moi aussi, je suis d'accord, soupira le tigre de gauche. Tant pis, je me contenterai de la moitié.

Le renard partagea le fromage en deux et prit une moitié dans chaque patte. Il les soupesa longuement et finit pas dire :
– Non, ça ne va pas. Regardez bien, messieurs ! dit-il en tendant la patte droite. Cette part-ci est légèrement plus grosse que l'autre.

Les deux tigres tendirent leur museau, scrutèrent les parts et approuvèrent :

— Oui, oui, elle paraît effectivement un peu plus grosse.

— Donc, reprit le renard, pour ne léser personne, je vais enlever une tranche de la part de droite, pour qu'elle soit égale à celle de gauche.

Le renard tailla alors une tranche dans le plus gros des morceaux et… se la fourra dans la bouche.

— Mais que fais-tu là ? s'exclamèrent d'une même voix les deux tigres. Tu manges notre fromage, maintenant ?

— Messieurs, je ne pouvais la donner à aucun d'entre vous, autrement le partage n'aurait pas été très juste.

— C'est vrai, firent les tigres. Tu raisonnes bien.

Le renard examina à nouveau les deux parts. Maintenant, c'est celle dont il avait détaché une tranche qui paraissait plus petite que l'autre. Il le signala aux tigres qui hochèrent chacun leur tour la tête en signe d'approbation.

Le renard prit alors la part de gauche et en détacha une tranche…
qu'il engloutit aussitôt.

Les deux tigres le regardèrent manger avec envie, mais ils ne
pouvaient rien dire, car ils lui avaient donné leur accord.

Cette fois-ci encore, les deux parts de fromage ne furent pas
égales. Le renard dut couper encore une tranche, qui prit le même
chemin que les deux précédentes.

Longtemps le renard continua à partager.

Et à chaque fois, il s'arrangeait pour que les deux morceaux ne
soient pas tout à fait de la même taille.

Et à chaque fois il mangeait la tranche qu'il retirait à la plus grosse
des deux parts.

Et à chaque fois le fromage diminuait.

Le renard fit tant et si bien qu'il ne resta finalement plus du fromage qu'un malheureux débris qu'il ne valait même plus la peine de partager. Sans se démonter, le renard le mit dans sa bouche et plongea dans le sous-bois, si vite que les tigres n'eurent pas le temps de faire **ouf**.

Les tigres se regardèrent consternés.

Leur arbitre avait disparu, et leur fromage aussi du même coup.

L'un des tigres dit à l'autre :

– Cousin tigre, tu ne crois pas que nous avons eu tort de faire appel au renard ?

Et le deuxième renchérit :

– Oui, le renard nous a bien roulés. Mais nous avons eu tort de nous disputer le fromage. Nous aurions pu nous mettre tout de suite d'accord pour le partager. Ainsi nous en aurions mangé au moins une moitié chacun. Alors que maintenant, nous sommes tous les deux aussi affamés qu'au début.

8.

Le grand-père qui faisait fleurir les arbres

Conte de la tradition japonaise, illustrations de Anne Buguet

Il y a bien longtemps, dans un tout petit village, vivaient un très vieil homme et sa femme. Ils n'avaient jamais pu avoir d'enfant, et avaient adopté un petit chien qu'ils aimaient tendrement. Celui-ci, reconnaissant et fidèle, ne s'éloignait jamais d'eux. Il les suivait partout où ils allaient.

Un jour que le vieux travaillait dans son jardin, il remarqua que le chien flairait et grattait le gazon sous un vieux pin.

Aussitôt, le vieux s'arrêta et regarda. Le chien s'élança bientôt vers lui en aboyant de toutes ses forces, puis retourna au même endroit où il se remit à gratter.

Le chien s'agitait tant que le vieil homme prit sa pioche, et s'approcha de l'animal qui se mit à aboyer très fort. Le vieux donna quelques coups de pioche.

Au bout d'un moment, il entendit un son clair, et un coffre doré apparut. Le vieux l'ouvrit et découvrit une quantité de pièces d'or brillantes.

Il appela sa femme qui l'aida à dégager le coffre, et ils l'emportèrent à la maison.

En un instant, les deux vieux étaient devenus riches.

Pour remercier leur chien, ils lui donnèrent à manger ce qu'ils pouvaient trouver de mieux.

Dans le petit village, l'histoire de la découverte du trésor se répandit comme une traînée de poudre. Un de leurs voisins pensait sans cesse au bonheur des vieux et à leur fortune. Il en perdit même le sommeil de jalousie. Il se persuada que leur

petit chien avait un don pour découvrir les trésors enfouis. Il se rendit chez ses voisins afin qu'ils lui prêtent leur animal.

– Nous aimons tellement notre chien que nous ne saurions nous séparer de lui, pas même une heure, lui dit le vieillard.

Mais l'envieux ne se lassa pas. Chaque jour, il revenait avec la même demande. Comme les deux vieux étaient bons, et qu'ils ne savaient pas refuser, ils finirent par prêter leur chien à leur voisin.

Le voisin mena le chien dans son jardin.

Aussitôt, le chien s'arrêta, flaira le sol, et se mit à gratter. Le voisin accourut suivi de sa femme. Ils creusèrent la terre, et trouvèrent un grand tas d'ordures puantes et de vieux os. L'homme fut rempli d'une violente colère. Il leva sa pioche et tua le petit chien.

Le méchant homme courut en geignant chez ses voisins, et d'une petite voix leur dit:

– Quel malheur ! Votre petit chien est mort brusquement en arrivant dans mon jardin. Personne ne sait comment cela est arrivé. Je n'en suis pas responsable. Je vous ai porté la nouvelle aussitôt, pour que vous puissiez l'enterrer.

Avec beaucoup de tristesse, les deux vieux portèrent leur petit chien à l'endroit où il avait trouvé le trésor, et l'ensevelirent sous le vieux pin. Ils pleurèrent longtemps car maintenant, ils n'avaient plus personne à aimer.

Cependant, une nuit, pendant que le vieillard dormait, son chien lui apparut en rêve et lui dit :
– Coupe l'arbre sous lequel je suis enseveli, et fais-en un mortier à riz. Cela te consolera.

Dès le matin, le vieillard raconta son rêve à sa femme. Celle-ci lui conseilla de suivre les instructions du chien. Son message ne pouvait être qu'un bon message.

Le vieux coupa l'arbre, et, dans son tronc, il fit un grand et beau mortier.

Le temps de la récolte du riz arriva. Le vieillard entassa les grains dans son nouveau mortier. Mais, quand il commença à les décortiquer, il en sortit des pièces brillantes en or. Les deux vieux se réjouirent de tout leur cœur.

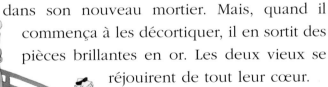

Dans le petit village, l'histoire du mortier se répandit comme une traînée de poudre. Le voisin envieux pensait sans cesse au bonheur des vieux et à leur fortune. La jalousie l'empêchait de dormir.

Il retourna chez ses voisins, et leur demanda de lui prêter leur mortier à riz.

– Nous aimons tellement notre mortier que nous ne saurions nous séparer de lui, pas même une heure, lui dit le vieillard.

Mais l'envieux ne se lassa pas. Chaque jour, il revenait avec la même demande.

Comme les deux vieux étaient bons, et qu'ils ne savaient pas refuser, ils finirent par prêter leur mortier à leur voisin.

De retour chez lui, le voisin, aidé par sa femme, amena des ballots entiers de riz. Il versa des grains dans le mortier, et se mit aussitôt à les décortiquer.

Mais, au lieu de pièces d'or, il n'en sortit que d'affreuses ordures puantes et de vieux os.
L'homme fut rempli d'une violente colère. Il prit un marteau, et brisa le mortier en petits morceaux qu'il jeta dans le feu.

Le méchant homme courut en geignant chez ses voisins, et, d'une petite voix leur dit :

– Quel malheur ! Votre mortier s'est mis à flamber sans raison. Personne ne sait comment cela est arrivé. Je n'en suis pas responsable. Je vous ai porté la nouvelle aussitôt, pour que vous ne l'attendiez pas en retour.

Les bons vieux furent très peinés en apprenant ce qui était arrivé. Ils allèrent se coucher bien tristes. Une fois encore, le vieil homme vit son chien en rêve.

Celui-ci lui dit d'aller chez son voisin, de prendre les cendres du mortier brûlé, de les emporter sur la grande route, et, lorsque le roi passerait, de grimper sur un cerisier encore dénudé, et d'y répandre les cendres.

Le matin suivant, le vieillard se rendit chez son voisin, et emporta les cendres de son mortier. Il les mit dans un sac, et s'en alla sur la grande route, là où les cerisiers étaient dénudés car ce n'était pas encore la saison où les arbres se parent de leurs robes de fleurs multicolores et odorantes.

À peine arrivé, le vieux vit venir le roi et toute sa suite. Au lieu de se jeter face contre terre, comme le faisaient tous les sujets en signe de respect, il grimpa bien vite sur un cerisier où il resta perché.

Le roi, lorsqu'il l'aperçut, ordonna de saisir le vieux, et de le châtier. Mais, sans se laisser intimider, le vieillard ouvrit son sac, et répandit sur les arbres alentour les fines cendres du mortier. Aussitôt, tout fleurit de rose et de blanc, et l'air s'emplit d'un parfum enivrant. Le roi en fut si intrigué et charmé qu'il offrit de riches présents au vieillard.

Dans le petit village, l'histoire des cendres se répandit comme une traînée de poudre. Le voisin envieux pensait sans cesse au bonheur des vieux et à leur fortune. La jalousie l'empêchait toujours de dormir.

Il ramassa dans la cheminée le reste des cendres du mortier, et s'en alla lui aussi sur la grande route.

À peine arrivé, il vit venir le roi et toute sa suite. Au lieu de se jeter face contre terre, il grimpa bien vite sur un cerisier où il resta perché. Le roi, lorsqu'il l'aperçut, ordonna de saisir le voisin envieux, et de le châtier. Mais celui-ci ouvrit son sac, et répandit sur les arbres alentour les fines cendres du mortier.

Aussitôt, d'affreuses ordures puantes et de vieux os volèrent au visage du roi et des hommes de sa suite. Les gardes attrapèrent le méchant homme, le rouèrent de coups, et le jetèrent en prison, où il resta de longues années.

Dans le petit village, l'histoire du voisin envieux se répandit comme une traînée de poudre. Lorsqu'il fut enfin remis en liberté, personne ne voulut avoir affaire à lui, et il mourut piteusement peu après.

Quant aux deux vieux, ils n'oublièrent jamais leur cher petit chien.

9.

Colas vole

Bertrand Solet, illustrations de Myriam Mollier

– Six fois trois, ça fait combien ?
– Six fois trois ? J'en sais trop rien.

Petit Colas est fatigué, Petit Colas pique du nez. Alors, sans bouger
de place, Petit Colas quitte la classe.
Et le voilà dans la rue. Il n'est plus fatigué du tout. Au contraire,
il aurait envie de courir. Dans la main, il tient la ficelle d'un cerf-
volant, un dragon rouge, jaune et noir, qui a envie de s'envoler.

Colas serre bien les doigts sur la ficelle. Seulement, comme il lève tout le temps la tête, il trébuche sur le trottoir. Malheur! Il lâche le cerf-volant qui en profite pour filer vers le ciel. Sans hésiter, Colas se lance à sa poursuite. Dans le ciel aussi, évidemment.

La boulangère pousse un grand cri, et puis le facteur aussi. Les voisins, affolés, appellent les pompiers et leur grande échelle!

Pin-Pon, pin-pon, les pompiers arrivent, déroulent leurs tuyaux en croyant qu'il y a le feu. Mais leur capitaine comprend ce qui se passe, il hausse les épaules avec découragement :

– Il faudrait, dit le capitaine, une fusée ou un avion pour rattraper ce garçon. Ramassez les tuyaux qui traînent, on s'en retourne à la maison !

Pendant ce temps, Petit Colas vole toujours derrière son cerf-volant. Le dragon se presse, prend de la vitesse. Petit Colas le suit hardiment.

Très haut, entre les nuages, une hirondelle s'amuse en battant des ailes à lutter contre le vent.

– Bonjour, madame, dit Colas, en passant à côté d'elle.

Colas ne s'attarde pas, trop occupé pour cela. Mais l'hirondelle ouvre le bec, stupéfiée par ce qu'elle voit :

– Un garçon qui vole avec seulement ses deux bras ! Quelle est donc cette merveille ? Pincez-moi, que je m'éveille !

Non, l'hirondelle n'arrive pas à y croire. Et puis, elle se dit que, du moment que tout est permis, pourquoi ne pourrait-elle pas satisfaire la plus chère de ses envies : se baigner dans de l'eau claire ?

Eh oui, pourquoi pas, après tout ? Sa décision est prise. Elle lance un cri vibrant et plonge en direction de la terre, là où tremble une rivière entre les arbres et les champs.

Plouf ! La voilà dans l'eau. Quelle sensation exquise ! Sur le ventre et sur le dos, elle nage, comme un bateau qui aurait des plumes grises…

Mais nager ne l'empêche pas de remarquer non loin d'elle un poisson rouge qui la regarde avec attention. Elle lui crie :

– Ne fais pas des yeux si gros, je suis VRAIMENT un oiseau…

– Mille excuses, dit le poisson, comprends-moi si je m'étonne. Je crois que jamais personne n'a déjà vu ce que je vois…

Tout à coup, le poisson entend une voix, qui lui répond du haut des airs. C'est la voix de Petit Colas. Le garçon est assis sur un nuage bien rembourré et il est très content, car il a réussi à rattraper le dragon cerf-volant.

Colas explique au poisson :

– Aujourd'hui, c'est mieux qu'un jeu. Chacun peut faire ce qu'il veut !

Le poisson hoche la tête. Il a compris.

À son tour de réfléchir, comme l'hirondelle tout à l'heure… Le poisson s'appelle Anatole, il rêve depuis longtemps d'apprendre à lire comme un enfant.

Alors il se dit :

– Du moment qu'un garçon vole, qu'un oiseau nage tranquillement, il n'y a pas d'empêchement à ce que j'aille à l'école. Je ne veux plus être ignorant !

Et voilà pourquoi l'on voit sautant de l'eau, quittant le sable, se glisser de pré en bois Anatole et son cartable... Il n'est pas du tout ordinaire, ce spectacle du magicien : un poisson sur le chemin, une hirondelle dans l'eau claire, et Colas, qui vole en l'air, son cerf-volant à la main...

– Petit Colas, ouvre tes yeux ! C'est mal de dormir en classe.

– Où suis-je ? Qu'est-ce qui se passe ? J'ai rêvé, c'était merveilleux...

Sur le grand bureau du maître, Anatole, dans un bocal, tourne et fait ses kilomètres. On peut voir par la fenêtre une hirondelle au ventre pâle, s'éloigner et disparaître... Tout est redevenu normal. Et le cerf-volant, où est le cerf-volant ? À la maison, dans un placard. Je le retrouverai plus tard.

– Six fois trois, ça fait combien ?

Petit Colas lève la main.

– Ça fait dix-huit, je m'en souviens...

10.

Comment décrocher la lune

Nadine Walter, illustrations de Sébastien Pelon

Gina, la petite girafe, rêve tout le temps.

Elle rêve les yeux ouverts, elle rêve les yeux fermés. Elle rêve quand le soleil brille, elle rêve quand les étoiles scintillent. À l'école ou au fond de son lit, elle rêve sans fin. Cela lui vaut un tas d'embêtements :

– Gina, tu n'as pas mangé tes feuilles de mimosas, grondent ses parents. On ne te demande pourtant pas la lune !

– Gina, tu as oublié de ranger les broussailles, gronde la maîtresse. Encore dans la lune ?

– Gina, tu n'as pas pensé à mon anniversaire, gronde son ami Georges le tigre. Moi qui croyais que tu voulais m'offrir la lune !

La vie est bien compliquée pour Gina. Ce soir, elle réfléchit en s'endormant.

Demander la lune…

Décrocher la lune…

Offrir la lune...

À croire que la lune a des pouvoirs magiques !

Soudain, Gina dresse ses petites cornes noires. Et si la lune était le remède à ses ennuis ?
– Il faut que je l'attrape !

La petite girafe sort dans la nuit claire, et lève la tête vers le ciel. La lune est là, accrochée haut dans les étoiles, au-dessus de la savane.
– Comme elle brille ! On ne voit qu'elle…

Gina se dresse sur la pointe de ses sabots et tire sur son long cou. Elle tire de toutes ses forces, jusqu'à ce que ses petites cornes noires disparaissent dans les nuages…

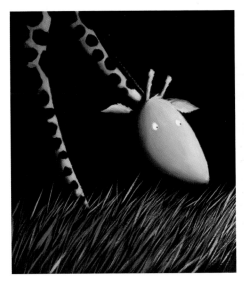

Et bientôt, la lune rebondit sur l'herbe argentée de la savane. Jaune, énorme, magnifique ! Pourtant, la lune semble bien triste au milieu des broussailles…

Aussi triste que son reflet tremblotant dans le point d'eau.

– Pourquoi m'as-tu décrochée du ciel, Gina ? demande-t-elle à la petite girafe.

Celle-ci n'a pas le temps de répondre : un terrible craquement retentit.

La lune pâlit, inquiète. Elle n'a pas l'habitude de la savane. Ces bruits bizarres, ces souffles, ces murmures… Là-haut dans la galaxie, tout est si calme en comparaison !

Les branches bruissent et s'écartent. Un éléphant apparaît entre les troncs, les oreilles agitées, la trompe en colère.

– Je me cogne partout dans cette nuit noire ! barrit-il. J'ai vu de la lumière par ici, alors…

Il s'arrête, surpris.

– Madame la lune ? Je croyais que vous étiez un reflet dans l'eau !
Que faites-vous sur terre ?

Mais un nouveau craquement les fait sursauter.

– Aïe, ouille !

Des singes bondissent hors des broussailles.

– Plus moyen de s'accrocher aux lianes ! râlent-ils. Il fait trop
sombre !

Un hippopotame trempé arrive à son tour, en éternuant :

– J'ai bu la tasse, c'est malin ! Qui a éteint la veilleuse dans le ciel ?
La petite girafe baisse la tête vers ses longues pattes frêles.

– C'est moi. J'ai décroché la lune pour l'offrir à mon ami Georges.

– Gina ! protestent les singes. La lune appartient à tout le monde,
voyons !

À ce moment, un tigre débouche des fourrés, les yeux brillants.

– **Rrraouuu !** feule-t-il.

– Georges ! se réjouit Gina. Voici la lune, pour toi. Bon anniversaire !

Le tigre écarquille les yeux devant l'astre rond et roux.

– En voilà un drôle de cadeau… Je me demande si ma tanière est assez grande !

La lune regarde la petite girafe :

– Est-ce vraiment ce que tu désires, Gina ? Chaque fois que tu voudras rêver désormais, tu te retrouveras enfermée au fond d'une tanière, au lieu de t'envoler dans les nuages, et de me retrouver près des étoiles…

Déçue, la petite girafe racle une touffe d'herbe du bout de son sabot.

– Alors vous n'êtes pas la solution à mes problèmes, Madame la Lune ?

– Eh non, Gina ! Ma place est dans le ciel à éclairer la Terre, à accueillir les rêveurs et à offrir des clairs de lune aux amoureux. Toi, ta place est sur terre à manger les feuilles des arbres, à réchauffer ton pelage roux au soleil, et à t'amuser avec tes amis…

Georges le tigre colle un gros baiser sur le museau de la petite girafe :

– Quant à moi, je serais très heureux de me promener sous un beau rayon de lune avec toi, pour mon anniversaire… **Rrraouuu !**
L'éléphant, les singes et l'hippopotame approuvent joyeusement :
– Tes journées seront d'autant plus belles si tu continues à faire de beaux rêves la nuit, Gina.

Cette fois, la petite girafe est convaincue. Elle embrasse la lune sur ses joues rebondies.
– Vous avez raison : je vais vous rendre à vos amies les étoiles !
La lune sourit, joyeuse :
– Tu ne le regretteras pas. Chaque fois que tu regarderas le ciel et que tu verras la pleine lune, Gina, tu sauras que je pense tout particulièrement à toi…

Heureuse, la petite girafe fait glisser la lune sur ses cornes noires et de nouveau, tire sur son cou, le plus loin possible. Et la lune disparaît dans les nuages… Les animaux de la jungle lui font de grands signes.

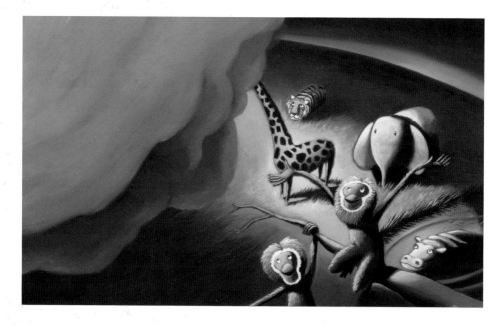

Bientôt, le ciel et les étoiles recommencent à briller, éclairés par l'astre de la nuit. De nouveau, on distingue les contours de la savane, les branches, les terriers, les tanières, les broussailles, les racines… De là-haut, la lune fait un doux sourire à Gina…

11.

La chaussure du géant

Clair Arthur, illustrations de Jean-François Martin

Il était une fois un géant vraiment géant. C'était un joyeux bonhomme qui chantonnait à longueur de journée.
– Tra la la, je vais me promener.

Tout ce qu'il faisait, il le disait en chansons.
– Pon, pon, pon, je me lave avec du savon.
Le géant était célèbre dans tout le pays, à cause de sa bonne humeur et de sa taille bien sûr. Mais il était surtout connu parce qu'il était chaussé de bien curieuse façon. Oui, il portait une chaussure plus grande que l'autre. Mais vraiment beaucoup plus grande. Ce qui, souvent, le faisait trébucher.
– Ouh lé lé, j'ai failli me casser le nez.
Quand un géant trébuche, c'est tout le sol qui tremble.

Cela n'était plus supportable pour les gens du pays. Sans cesse, ils devaient réparer les murs de leurs maisons qui se fissuraient, ou redresser les lampadaires, ou replanter les arbres.

– Excusez-moi, disait le géant en chantonnant. Je n'ai pas fait exprès. C'est à cause de ma chaussure…

Les habitants se fâchaient. Ils mettaient leurs mains en porte-voix, et ils criaient :

– Change de chaussure, gros bêta. Ça fait dix mille fois qu'on te le dit !

Le géant était désolé. Il répondait :

– Bon, d'accord, tra la lère.

Il rentrait dans sa maison. Peu après, il en ressortait. Il avait changé de soulier. Mais ce n'était pas le plus grand qu'il avait ôté, c'était le plus petit, celui qui était à la bonne pointure.

Les habitants se lamentaient. Ils s'exclamaient :

– Mais enfin, pourquoi porte-t-il cette grande chaussure ?

Cette situation avait assez duré. Ils ne pouvaient pas passer leur temps à réparer les dégâts causés par les maladresses du géant. Alors, ils eurent une idée.

La nuit suivante, ils entrèrent dans la maison du géant. Ses murs montaient aussi haut que ceux d'une cathédrale. Dedans, il faisait noir, très noir. Les habitants n'étaient pas très rassurés.

– C'est par ici, souffla Filou, le plus malin d'entre eux.

Sans faire de bruit, ils entrèrent dans la chambre du géant. Celui-ci était allongé sous une montagne de couvertures. Il ronflait en chantonnant.

– Et ron petit patapon…

Sa grande chaussure et son autre soulier étaient rangés à côté de son lit.

– Allons-y, chuchota Filou.

Alors, les habitants tirèrent la grande chaussure jusque dehors. De là, ils, l'emportèrent au fond des bois, dans une cachette seulement connue d'eux. Filou rit du bon tour que ses amis et lui venaient de jouer au géant. Il dit :

– J'aimerais voir la tête de ce lourdaud quand il s'apercevra que sa chaussure a disparu…

Le lendemain matin, tous les gens du pays guettaient la maison du géant.

Ils attendaient le moment où celui-ci allait sortir. Plusieurs heures passèrent, sans que le géant n'ouvrit la porte, ni même les volets. Les habitants se posaient des quantités de questions :

– Peut-être que le géant ne veut plus sortir sans sa grande chaussure ? Peut-être qu'il est si triste qu'il reste au lit ? Peut-être que cette grande chaussure était la chose à laquelle il tenait le plus ? Peut-être que...

Quand soudain le géant ouvrit la porte de sa maison. Il s'étira et bâilla longuement :

– Haa, quelle nuit, li li li...

Puis, de fort belle humeur, il fit quelques pas. Il se mit à chanter très fort :

– Mon grand soulier est parti sans moi, tans pis, j'irai par le chemin, avec mon grand pied nu...

Les habitants se regardèrent. Le géant avait un pied plus grand que l'autre. Mais vraiment plus grand. Filou chuchota :

– Nous avons fait une bêtise... Jamais nous n'avons pensé que le géant pouvait avoir un si long pied... Nous qui le prenions pour un sot...

Le géant qui arrivait à leur rencontre leur chantonna :
– La la la, bonjour, mes amis, comment ça va ? Ma chaussure a pris
la poudre d'escampette, tant pis, je marche sur ma chaussette…

Dans l'œil du géant brilla une lueur de malice, il ajouta :

– Est-ce que vous ne l'auriez pas vu passer, par hasard ?

Les gens du pays rougirent. Ils bredouillèrent quelques mots :

– Euh, non, non… Euh, peut-être que si…

Puis, ils s'éloignèrent rapidement, car ils avaient du travail. Ils allaient se mettre à confectionner la plus belle paire de chaussures qu'on eut jamais offerte à un géant, qui avait un grand pied...

12.

Un bleu si bleu

Texte et illustrations de Jean-François Dumont

Dans une grande ville grise vivait un petit garçon qui ne jouait pas comme les autres enfants de son âge aux billes ou à chat perché.

Il préférait rester dans sa chambre à dessiner ou à peindre, et, si sa maman exaspérée l'envoyait dehors pour profiter du soleil, il ne sortait jamais sans son petit carnet et sa boîte de couleurs.

Il s'asseyait à l'ombre d'un immeuble, et dessinait le marchand de glace, la voisine du quatrième qui arrosait ses géraniums, ou la camionnette du boucher qui partait en livraison.

Tout le monde pensait qu'il deviendrait sûrement un grand peintre, puisqu'il était si bizarre et que, tout le monde le sait bien, les peintres sont des gens très bizarres.

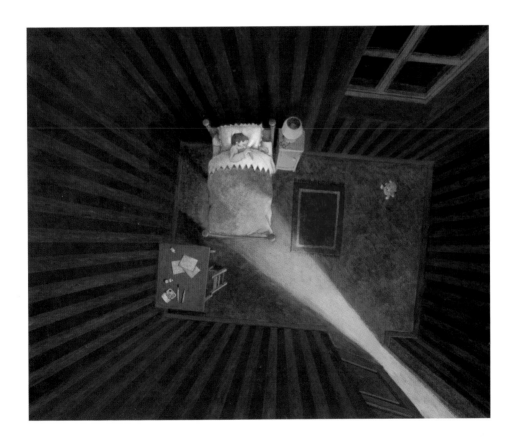

Une nuit, le petit garçon fit un rêve merveilleux. Il avait vu un bleu profond et lumineux à la fois, un bleu si bleu qu'on avait envie de s'y blottir.

Au petit matin, il sauta du lit, et se jeta sur sa boîte de couleurs. Il essaya d'abord avec le bleu de **cobalt**, puis le bleu de **ceruleum**, et même le bleu **phtalocyanine** qu'il avait tant de mal à prononcer, mais, dès qu'il trempait son pinceau dans la peinture, et qu'il traçait un trait sur la page blanche de son carnet, il secouait la tête. Non, non, ce n'était pas ce bleu-là, pas assez foncé, pas assez clair ou trop violet.

Le petit garçon prit son carnet et son pinceau, dévala l'escalier de son immeuble, et sauta dans le bus de la ligne 7 qui le déposa devant le musée.

Dans le grand bâtiment, il s'approcha d'un tableau où une dame souriait en le regardant. Il trempa son pinceau dans le bleu de sa robe, et fit une petite tache sur la page de son carnet. Mais ce n'était toujours pas son bleu.

Un peu plus loin, il trempa son pinceau dans un coin de ciel, au-dessus d'un paysage de montagne, puis dans l'écharpe d'un gros bonhomme coiffé d'une couronne, et s'assit découragé.
Aucun de ces bleus n'était le bleu de ses rêves.

Intrigué par ce petit garçon qui lui semblait si abattu, le gardien du musée vint s'asseoir à côté de lui.
– Que cherches-tu donc dans ces tableaux, pour y tremper le bout de ton pinceau ?
– Je cherche le bleu de mes rêves, un bleu doux et fort à la fois, un bleu si bleu qu'il donne envie de s'y blottir.

Le gardien réfléchit en se grattant le menton.
– Je n'ai pas beaucoup voyagé, j'ai passé ma vie dans ce musée. Mais, en écoutant les visiteurs, on apprend beaucoup de choses. Un jour, j'ai entendu parler du bleu de la mer, profond et lumineux à la fois. Ça pourrait être le bleu que tu cherches.

Le petit garçon, plein d'espoir, prit la route de la gare et acheta un billet pour l'Ouest. Le train roula toute la nuit, franchissant les montagnes qui bordaient la ville, traversant les grandes plaines dorées par le soleil.

Au petit matin, il stoppa au terminus, le long d'une plage de sable blanc. Les voyageurs descendirent, tout heureux de profiter du soleil et de la mer, mais le petit garçon n'était pas venu pour se baigner. Il se faufila au milieu des vacanciers.
Arrivé au bord de l'eau, il trempa son pinceau dans une petite vague qui lui léchait les pieds, et traça un trait sur son carnet. Il secoua la tête : ce n'était toujours pas le bleu de ses rêves.

Le petit garçon ne se découragea pas. En traînant près du port, il fit la rencontre d'un vieux marin qui, dans sa jeunesse, avait navigué sur toutes les mers du globe.

– Je cherche le bleu de mes rêves, un bleu doux et fort à la fois, un bleu si bleu qu'il donne envie de s'y blottir. Peux-tu m'aider à le trouver ?

– Ah! ça j'en ai vu des couleurs, du blanc de la banquise, au rouge des couchers de soleil en Terre de Feu, du jaune de Madras, au mauve des petits matins de mer de Chine. Un jour, j'ai entendu un matelot parler d'un atoll des mers du Sud, au ciel d'un bleu si beau qu'on pourrait passer toute sa vie à le regarder. C'est peut-être bien le bleu que tu cherches.

Le petit garçon embarqua aussitôt sur un cargo. Il traversa l'océan et ses tempêtes, affronta le froid des nuits polaires et les typhons du Pacifique et, un jour, aborda dans une île des Tropiques. Plein d'espoir, il sauta sur la terre ferme, et grimpa au sommet du plus haut palmier, jusqu'à toucher le ciel de son petit pinceau. Puis il sortit son carnet, fit une petite tache sur le papier, et poussa un soupir : Non, ce n'était toujours pas le bleu de ses rêves.

Découragé, le petit garçon s'assit au pied de l'arbre, quand une grosse tortue sortit la tête de l'eau.

– Qu'est-ce qui te rend si triste, petit garçon ?

– Je cherche le bleu de mes rêves, un bleu doux et fort à la fois, un bleu si bleu qu'il donne envie de s'y blottir, et je désespère de le trouver.

– J'ai vécu tant d'années que je connais toutes les couleurs de l'univers. Il existe en Amérique une musique bleue forte et douce, une musique qui rend triste et gai à la fois. Peut-être est-ce la couleur que tu cherches.

Et la tortue regagna la mer lentement.

Le petit garçon traversa l'océan, remonta le grand fleuve Mississipi et, une nuit, poussa la porte d'un bar miteux. Sur la scène, un musicien commençait à jouer. Le petit garçon s'assit au premier rang, et ferma les yeux.

La tortue avait dit vrai, cette musique était si belle qu'elle rendait triste et gai à la fois. Il se leva, sortit son carnet, et trempa le bout de son pinceau dans les notes qui s'échappaient de la guitare. En traçant un trait sur le papier, il croyait enfin avoir trouvé, mais il secoua la tête : ce n'était toujours pas le bleu de ses rêves.

Le petit garçon resta là, toute la nuit, à écouter cette musique.
Au petit matin, quand tous les clients furent partis, il resta seul
avec le musicien.

— C'est ma musique qui te rend triste comme ça ?

— Non, je croyais avoir trouvé le bleu de mes rêves, un bleu doux
et fort à la fois, un bleu si bleu qu'il donne envie de s'y blottir.
Mais ce n'est pas votre musique.

L'homme posa sa guitare en hochant la tête.

— Avant d'être ici, mes ancêtres esclaves sont nés bien loin de ce
pays, en Afrique. Mon grand-père me parlait souvent des hommes
bleus qui vivent là-bas dans le désert,
des hommes braves et bons à la
fois. Peut-être est-ce eux que tu
recherches.

Le petit garçon remercia le musicien,
et se mit en route.

Il traversa de nouveau l'océan, aborda les côtes d'Afrique, et marcha de longs jours dans le désert, avant de rencontrer les Hommes Bleus. Il s'approcha du chef de la tribu qui lui sourit, trempa son pinceau dans le bleu du turban, et fit une petite tache sur sa feuille. Il secoua la tête : ce n'était toujours pas le bleu de ses rêves !

En voyant son air triste, le chef prit la parole.
– Je ne sais pas ce que tu cherches avec ton pinceau, petit garçon, mais tu es bien loin de chez toi. On trouve souvent dans sa poche l'objet que l'on croit avoir perdu loin d'ici.

Le petit garçon pensa à sa mère qu'il avait laissée il y a si longtemps maintenant, et il eut soudain envie de la revoir pour se blottir dans ses bras.
Il remercia les Hommes Bleus, et reprit sa route.

Un soir, enfin, il arriva au pied de son immeuble. Il vit une petite lumière briller encore à la fenêtre de la cuisine. Il grimpa quatre à quatre l'escalier, entra dans l'appartement, et sauta dans les bras de sa maman. Tandis qu'elle le couvrait de baisers, il sentit qu'elle pleurait.

Alors le petit garçon trempa la pointe de son pinceau dans une larme qui coulait sur la joue de sa mère et dessina une petite tache sur la dernière page de son carnet.

Il se serra contre elle et s'endormit pendant qu'elle le regardait de ses beaux yeux bleus, d'un bleu si bleu qu'il donnait envie de s'y blottir.

13.

Ivan et l'oie de Noël

Christine Frasseto, illustrations de Nicolas Duffaut

C'était en Russie, au temps du tsar Alexandre le Terrible. Ivan Ivanovitch était un jeune moujik, un simple paysan. Il habitait avec sa grand-mère Maroussia dans leur isba, une maison en rondins de bois, sur le plateau de la Volga.

Ivan et sa grand-mère vivaient pauvrement de leurs cultures et de l'élevage des oies. Et pourtant, ils avaient le cœur content. Le soir, Ivan jouait de la balalaïka, une guitare à trois cordes, et Maroussia dansait en frappant des mains.

Mais, cette année-là, Grand-Père Gel était venu saluer les champs au début du printemps. Les semences d'orge, de seigle et d'avoine avaient gelé, et n'avaient pas pu germer.

La récolte de l'été avait été bien maigre et, à l'automne, Maroussia se lamenta en regardant les sacs de toile presque vides au grenier :
– Ivan, mon pauvre Ivan, comment allons-nous faire pour survivre à l'hiver ?
Ivan rit pour cacher son inquiétude :
– Allons, Babouchka, il nous reste encore des choux, des poireaux et des navets. Nous les partagerons avec nos oies quand le froid viendra. Au pire, j'irai vendre quelques oies à Vassili Vassilievitch, le marchand !

Secrètement, Ivan espérait ne pas en arriver là. Car Vassili Vassilievitch était un homme avare et sans scrupule…

L'hiver arriva, avec ses bourrasques de vent glacial, et ses tempêtes de neige. Les renards affamés s'aventurèrent hors de la forêt et, malgré la surveillance d'Ivan, ils volèrent la moitié des oies.

Dans l'isba, les provisions fondaient à vue d'œil et, bientôt, il fallut se résoudre à vendre les oies restantes.

Ivan en rassembla dix, et laissa la dernière à sa grand-mère :

– Ainsi, tu auras au moins un œuf par jour à manger, en attendant mon retour.

Il enfila sa chapka, un chapeau en fourrure de lapin, et sourit :

– Ne t'inquiète pas, Babouchka. Vassili Vassilievitch a promis qu'il me paierait un bon prix pour ces dix oies !

Ce fut un long chemin pour arriver au village. Il tombait des flocons gros comme des noix, et qui aveuglaient sans cesse Ivan.

Le vent secouait violemment les arbres dénudés, comme pour les forcer à s'incliner devant lui. Les oies trébuchaient de fatigue, manquant de se perdre à chaque tournant. Les bottes d'Ivan pesaient du plomb, mais il résistait de toutes ses forces, et chantait à tue-tête pour encourager ses oies à le suivre de près :

– **Hay ho**, avancez, mes oiseaux ! **Karacho, karacho,** bientôt vous serez au chaud !

À l'entrée du village, une ribambelle d'enfants aux doigts bleus par le froid entoura Ivan, et le supplia :

– Compère, compère, donne-nous à manger. Nous avons faim, nous avons faim à en pleurer !

Ivan eut pitié de ces pauvres orphelins. Il donna cinq de ses oies à l'aînée des enfants.

– L'hiver est bien rude pour les pauvres gens, dit-elle en remerciant Ivan. Et Vassili Vassilievitch profite de notre misère pour s'enrichir !

Vassili Vassilievitch avait le cœur plus gelé que le sol au plus froid de l'hiver. De ses gros doigts couverts de bagues, il jeta quelques roubles à Ivan en échange de ses cinq oies.

– Elles sont trop maigres. Et tu m'en avais promis dix. Alors je te paie la moitié de la moitié de ce qu'elles valent, moujik. Estime-toi heureux, et que je n'entende plus jamais parler de toi !

Ivan serra les dents en ramassant les pièces au sol. Il put juste acheter du blé noir, et s'en retourna amèrement vers son isba.

Pour réconforter Ivan, Maroussia prépara du bortsch, un bouillon fait avec des restes de lard, quelques feuilles de chou, une betterave rouge, un poireau et une carotte.

C'étaient leurs dernières provisions.

Les jours suivants, ils partagèrent le pain de blé noir et un œuf d'oie, mais bientôt, les estomacs recommencèrent à gronder.

Le soir, Ivan jouait de la balalaïka, mais Babouchka n'avait plus la force de danser.

Un matin, Maroussia caressa la dernière oie, en gémissant :
– Petite oie, nous allons te manger. J'ai faim, j'ai faim à en pleurer.
Alors Ivan se mit en colère.
– Non, Babouchka. Je vais aller offrir cette oie à notre tsar, et je reviendrai avec de quoi nous nourrir jusqu'au printemps.
Car, comme la tradition le voulait en ce temps-là, celui qui recevait un cadeau, devait en offrir un autre en échange... à condition d'accepter le premier cadeau !
Ivan serra l'oie contre sa poitrine, et boutonna son manteau par-dessus. Il marcha trois jours durant, affrontant le froid, la neige et le vent, grâce à sa volonté, et à la maigre chaleur que lui prodiguait l'oie.

Au palais, Ivan repoussa les gardes, et se dirigea droit dans la salle de banquet. Là, il s'inclina respectueusement devant le tsar, qui se régalait de caviar et de poissons fumés avec sa femme, ses deux filles et ses deux fils.

Ivan lui dit :

– Glorieux tsar, je viens de loin pour t'offrir cette oie. Ne méprise pas ce cadeau, car c'est notre dernier bien, et il t'est offert de bon cœur.

Le tsar se gratta la barbe en observant ce garçon, à qui le désespoir donnait tant d'audace.

Il retint d'un geste les gardes qui s'apprêtaient à s'emparer d'Ivan, et dit à ce dernier :

– J'accepte ton cadeau, moujik, si tu parviens à le partager équitablement entre les membres de ma famille, sans faire de jaloux !

Ivan avala sa salive. Il savait que s'il avait le malheur de déplaire au tsar, celui-ci le chasserait impitoyablement, et il n'aurait plus que ses yeux pour pleurer !

Ivan respira profondément, et s'adressa au tsar :

– Vous qui êtes à la tête du pays, la tête de cette oie vous revient assurément.

Puis il s'inclina devant la tsarine :

– C'est sur vous que repose la lourde charge de la maison, alors vous aurez le croupion.

Ensuite, il se tourna vers les garçons :

– Une patte pour chacun de ces tsarévitchs si fiers, pour qu'ils marchent sur les traces de leur glorieux père.

Enfin, il baissa les yeux devant les deux jeunes filles.

– Un jour, vous vous envolerez du foyer, belles demoiselles. Alors, prenez les ailes.

La voix d'Ivan s'étrangla dans sa gorge. Il se sentit vaciller de faim et de fatigue, mais il puisa dans ses dernières forces pour conclure :

– Quant à moi, je ne suis qu'un humble moujik, tout juste bon à dévorer les misérables restes de cette oie !

Le tsar éclata de rire :

– Ho ho ho ! En voilà un juste partage ! Tu as réussi à offrir ce qu'il fallait à chacun, et à garder le meilleur pour toi ! Eh bien, astucieux moujik, il ne sera pas dit que le tsar est un ingrat. Assieds-toi, et mange à ma table !

Ivan mangea et but à satiété. Il raconta ses malheurs au souverain. Le tsar l'écouta gravement, et, à la fin du repas, il donna l'ordre de raccompagner Ivan dans un traîneau, chargé de vivres à ras bord. Ivan et Maroussia pourraient enfin faire de vrais repas !

14.

Le dragon de Cracovie

Albena Ivanovitch-Lair, illustrations de Gwen Keraval

Au bord de la rivière Wisla, en Pologne, sur le flanc d'une haute montagne, s'ouvre une grotte profonde et obscure. On dit qu'autrefois cette grotte était habitée par le plus fort et le plus terrible des dragons. Un dragon énorme à l'appétit vorace qui ne dédaignait aucune nourriture, ni les poules, ni les brebis, ni les chevaux, ni même les hommes.

Le jour, l'horrible bête semait la terreur dans les champs et dans les rues. La nuit, ses ronflements faisaient trembler la montagne et empêchaient de dormir les habitants du voisinage.

Tous, hommes et animaux, vivaient dans la crainte et l'effroi. La tristesse et le malheur avaient envahi les cœurs.

Les habitants, qui n'en pouvaient plus, allèrent trouver leur roi.

– Ce dragon nous terrorise, se plaignirent les paysans. Nous n'osons plus aller travailler dans nos champs,

– Nos troupeaux sont massacrés, reprirent les bergers. Nos chiens sont impuissants devant ce monstre. Il faut absolument le tuer !

– Nous ne pouvons pas laisser nos enfants jouer dehors, se lamentèrent les mères. Ils n'arrêtent pas de pleurer. Aidez-nous !

Le roi les écouta tous attentivement, hocha la tête, puis annonça solennellement :

– Le temps est venu d'aller combattre le dragon. Je promets une splendide récompense à celui qui réussira à débarrasser le pays de ce cracheur de feu.

Un noble chevalier s'avança et se déclara prêt à combattre la bête. Il revêtit son armure la plus solide, prit sa lance la plus longue et enfourcha son cheval le plus rapide.

Il n'était même pas arrivé au sommet de la montagne que le dragon souffla un jet de flammes sur le courageux jeune homme qui roula au fond d'un gouffre.

Tour à tour, les hommes les plus valeureux du royaume affrontèrent en vain la bête horrible.

Aucune arme ne réussit à atteindre le dragon : les flèches glissaient sur sa peau, les épées se tordaient, les lances se cassaient comme des allumettes entre ses dents ! Beaucoup des guerriers perdirent la vie.

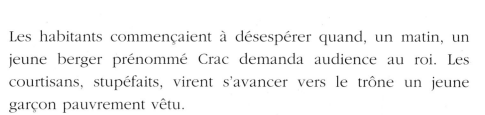

Les habitants commençaient à désespérer quand, un matin, un jeune berger prénommé Crac demanda audience au roi. Les courtisans, stupéfaits, virent s'avancer vers le trône un jeune garçon pauvrement vêtu.
Lorsque Crac expliqua au roi qu'il voulait combattre le dragon, tous éclatèrent de rire.

– Comment ose-t-il prétendre réussir là où tant d'hommes courageux ont échoué ?

– Où sont ses armes, son casque ? Où est son cheval ?

– Sire, dit le jeune berger sans se démonter, faites-moi confiance, vous ne le regretterez pas.

– Laissons-lui tenter sa chance, décida le roi. S'il parvient à nous débarrasser du dragon, je lui donnerai la main de la princesse, ma fille.

Le jeune Crac s'inclina profondément devant le roi et sortit.

De retour chez lui, Crac prit des braises chaudes dans l'âtre et la peau d'un mouton qui venait de mourir, puis il se dirigea vers la montagne.

Arrivé devant la grotte du dragon, il sortit la peau de mouton de son sac et y fourra les braises encore fumantes. Vite, il déposa le mouton à l'entrée et alla se cacher derrière un rocher.

Le dragon ne tarda pas à se réveiller. Tenaillé par une énorme faim, il sortit de sa grotte avec un terrible grognement. Dès qu'il vit le mouton, il se jeta sur lui et l'avala d'une bouchée. Mais aussitôt une terrible douleur lui brûla le ventre.

Hurlant, soufflant et crachant, le dragon se précipita vers la rivière. Ouvrant grand sa gueule, l'horrible bête but sans s'arrêter pendant des heures, dans l'espoir d'éteindre l'incendie qui lui dévorait les entrailles.

Toute l'eau que le dragon avait englifié, chauffée par les braises ardentes, se mit à bouillir.

La vapeur lui dilata le ventre qui, avec un énorme **bang**, éclata comme un ballon !

Alors le jeune Crac sortit de sa cachette et appela les habitants de la ville.

Hommes, femmes et enfants acclamèrent le jeune berger, l'aidèrent à tirer la dépouille du dragon hors de l'eau et dansèrent autour une joyeuse farandole.

Le roi vint féliciter Crac pour son intelligence et son courage, et comme promis, lui accorda la main de sa fille.

C'est ainsi que Crac le jeune berger débarrassa le pays du dragon et épousa la fille du roi.

Quelques années plus tard, il devint roi à son tour. Il n'oublia pas les malheurs qu'avait causés le dragon et, pour mettre pour toujours ses sujets à l'abri, il entoura la ville de puissantes murailles.

Et c'est ainsi qu'au bord de la rivière Wisla, en Pologne, se dresse aujourd'hui une superbe cité aux remparts solides. Elle porte le nom de Cracovie en souvenir du jeune Crac qui sauva ses habitants.

15.

Le plus beau des trésors

Conte de la tradition malgache raconté
par Robert Giraud et Albena Ivanovitch-Lair, illustrations de Charlotte Gastaut

Au large des côtes de l'Afrique, sur la grande île de Madagascar, un puissant roi régnait dans un superbe palais orné de tapis brodés et de meubles finement sculptés.

Dans un village de son royaume habitait un paysan qui chantait et dansait merveilleusement, comme son grand-père et son père l'avaient fait avant lui.

Un jour il tomba gravement malade, mais il avait eu le temps d'enseigner son art à son fils. Les villageois qui invitaient toujours le père à toutes leurs fêtes pour les animer, firent de même avec le garçon et, en remerciement, ils lui donnaient de la nourriture.

Le roi était d'un caractère triste et maussade ; il ne s'amusait jamais, ne donnait jamais de fêtes et ne s'intéressait qu'à l'or et aux richesses.

Tous les ans, il envoyait ses soldats dans les villes et villages du royaume pour récolter l'impôt.

Le soldat qui arrivait chez le cordonnier faisait le tour de son échoppe et choisissait la plus jolie paire de chaussures.

Celui qui allait chez le tisserand examinait ses tissus et emportait le plus somptueux.

Le tailleur devait remettre le vêtement le plus élégant qu'il avait confectionné.

L'orfèvre était obligé de céder le plus parfait des bijoux qu'il avait fabriqués.

Chez les paysans, les soldats s'emparaient des sacs contenant les grains les plus dorés et emmenaient la vache la plus grasse.

Quand le soldat collecteur d'impôt arriva, cette année-là, chez le paysan malade, celui-ci ne put rien lui donner, car il n'avait pas pu cultiver sa terre, et son fils était trop jeune pour faire seul tout le travail.

Le collecteur lui dit alors :

– Tu sais ce qui arrive à ceux qui ne paient pas l'impôt au roi. Tu seras puni de mort.

Le paysan eut beau supplier, parler de sa maladie, promettre qu'il paierait le double l'année suivante, le collecteur ne se laissa pas fléchir.

Le fils du paysan prit alors la parole :

– Ne tuez pas mon père ! J'ai, moi, quelque chose d'infiniment précieux à apporter au roi.

– Montre-moi cette merveille ! exigea le soldat.

– Non, c'est une surprise que je réserve au roi. Lui seul en est digne.

– Alors, viens demain au palais, lui ordonna l'homme. Si tu m'as menti et que tu n'apportes rien, tu seras mis à mort en même temps que ton père.

Une fois le collecteur parti, le fils rassura son père :

– Ne t'inquiète pas, Père, j'ai mon idée.

Le lendemain, le fils se mit en route, suivi de loin par les habitants du village, inquiets de voir ce qui allait se passer.

Quand le garçon arriva au palais, les soldats l'amenèrent tout de suite devant le roi.

– Voilà le fils du paysan qui ne nous a pas payé d'impôt, dirent-ils. Il prétend qu'il a pour vous une surprise plus précieuse que tout l'or du monde.

– Où est-elle donc ta surprise ? interrogea le roi, renfrogné comme à son habitude. Je vois que tu as les mains vides.

Pour toute réponse, le fils du paysan ouvrit grand la bouche et attaqua la plus belle chanson qu'il ait jamais composée et que personne n'avait jamais entendue.

Tout son corps ondula comme un buisson agité par le vent. Tantôt il battait des mains, tantôt il tapait des pieds, pour marquer la cadence.

Entraînés par la musique, les villageois venus avec lui se mirent eux aussi à danser.

Les courtisans se retinrent un moment de peur de mécontenter le roi, mais finalement, ils ne purent s'empêcher de les imiter. La femme et les enfants du roi firent de même, trop heureux d'avoir enfin une occasion de s'amuser.

Et voilà que le roi, à son tour, n'y tint plus. La musique s'empara de lui, son visage se dérida. Il se leva et se mit lui aussi à se balancer et à tournoyer.

La chanson terminée, le roi se rassit, haletant. Il dit enfin, le visage radieux :

– Je ne savais pas que la musique pouvait procurer autant de plaisir, beaucoup plus que la vue de l'or et des richesses. C'est toi qui m'as permis de le découvrir. Jamais personne ne m'avait fait un aussi beau cadeau ! Je te nomme « musicien officiel du roi ».

Le garçon resta au palais pendant que les villageois repartaient annoncer la bonne nouvelle à son père.

Le lendemain, le roi devait recevoir les envoyés d'un roi voisin. Quand les ambassadeurs entrèrent, le roi leur annonça :

– Je vais vous offrir ce que j'ai de plus précieux dans mon royaume.

Les envoyés s'étonnèrent, car il n'y avait dans la salle aucune présent, aucune richesse. Le roi fit alors un signe de la main au fils du paysan. Celui-ci s'avança et se mit à chanter, à battre des mains et à danser comme la veille. Les ambassadeurs l'écoutèrent d'abord surpris. Puis conquis, ils se mirent eux aussi à danser avec le roi, ses ministres et ses courtisans.

– Quelle merveilleuse musique ! dirent-ils, quand la danse s'arrêta. Nous n'en avions jamais entendu de pareille !

Rentrés chez eux, les ambassadeurs racontèrent ce qu'ils avaient vu et entendu, et répandirent la nouvelle dans toute l'île de Madagascar.

Et c'est ainsi que le royaume du petit paysan chanteur reçut le nom de « royaume de la musique et de la gaieté ».